AF335787

COLLECTION

DE

M. GEORGES SAMARY

Instruments de Musique

PARTITIONS

CATALOGUE

DES

INSTRUMENTS DE MUSIQUE

Cistres, Théorbes, Luths, Quintons, Violes d'amour,
Guitares, Mandolines, Mandores,
Mandolino, Vielles, Harpes, Basses, Pochettes

Beau violon de Gio. Paolo Maggini

Violons, Altos, Violoncelles, Archets, Musettes, Hautbois,
Cors anglais, Flûtes, Flageolets, Bassons,
Buccins, Trompettes, Petits Modèles d'instruments de musique,
Tambourins, Objets variés, Partitions, Musique manuscrite

Composant la Collection de M. GEORGES SAMARY

ET DONT LA VENTE AURA LIEU

HOTEL DROUOT, SALLE N° 8

Le Mardi 15 Mars 1887

A DEUX HEURES

M° Paul CHEVALLIER, commissaire-priseur

10, rue Grange-Batelière, 10

Assisté de :

M. Charles MANNHEIM	MM. GAND ET BERNARDEL
EXPERT	*Luthiers du Conservatoire.*
7, rue Saint-Georges, 7	4, passage Saulnier, 4

EXPOSITION PUBLIQUE : Le Lundi 14 Mars 1887

DE UNE HEURE A CINQ HEURES

CONDITIONS DE LA VENTE

Elle sera faite au comptant.

Les acquéreurs payeront en sus des enchères *cinq pour cent*, applicables aux frais.

L'exposition mettant le public à même de se rendre compte de l'état des objets, il ne sera admis aucune réclamation une fois l'adjudication prononcée.

Paris. Imp. de l'Art. E. Ménard et J. Augry, 41, rue de la Victoire.

Le nom de Samary est assez connu et assez aimé
du public pour qu'il soit inutile de le lui présenter. Il
est cependant bon de dire que M. Georges Samary
n'est pas seulement un collectionneur éclairé, mais
encore un de nos bons violonistes, lauréat du Conser-
vatoire, un artiste, un chercheur, un curieux, pas-
sionné pour tout ce qui touche de près ou de loin à
son art.

Comment en serait-il autrement? M. Georges
Samary a toujours vécu au milieu de sa famille et
des gloires littéraires et artistiques contemporaines.
C'est dans ce milieu qu'il s'est formé, qu'il a grandi,
qu'il a appris.

Amoureux des choses du passé, il fut pris un beau
jour, il y a de cela plus de quinze ans, du démon de
la curiosité, et le voilà parti, fouillant la France et
l'Europe dans tous les sens, non pas en mercantile,
cherchant à réaliser un bénéfice, mais en amateur,
aimant le beau pour les jouissances qu'il procure.
C'est ainsi qu'il arriva à former une collection hors
ligne d'instruments de musique à cordes et à vent qui
font de son appartement, où ils se trouvent encore au
moment où j'écris ces lignes, un véritable musée.

Nul autre que lui, sans son éducation éminemment artistique, n'eût pu réunir ces instruments que tout le monde va pouvoir admirer demain et qui, de l'avis des gens compétents, sont des plus rares et des plus curieux. D'ailleurs, il suffira de feuilleter le catalogue pour voir que la collection est une des plus complètes, puisqu'elle comprend des instruments des maîtres français et italiens depuis le XVIe siècle jusqu'à nos jours.

CHARLES RAYMOT.

DÉSIGNATION DES OBJETS

INSTRUMENTS A CORDES

1 — Beau et remarquable cistre de la seconde
moitié du xvi⁰ siècle, portant au dos la marque,
au fer chaud, de GASPARD DE SALO IN BRESCIA.
Cet instrument est de forme élégante; le corps
est ovale, l'ouïe est décorée de feuillages délica-
tement sculptés, ajourés et rehaussés de dorure.
Le cheviller se termine par une tête de femme à
coiffure distinguée et à collerette tuyautée.

Écrin du temps en cuir foncé, gaufré, à décor
de fleurs de lis inscrites dans un treillis, avec
ferrures.

2 — Beau cistre vénitien du commencement du
xvi⁰ siècle, portant à l'intérieur l'étiquette de
« FRANCISCUS ANTONIUS OLINONI PLEBANUS...,
1536 FECIT ». Le fond de l'instrument, fait d'un
seul morceau, est décoré de feuilles et de têtes

chimériques sculptées en relief, ainsi que de vases de fleurs et d'entrelacs peints en noir; à la base sont reproduites les initiales de l'auteur. L'ouïe, encadrée de mosaïques de bois noir, est garnie d'une rose très délicate, à nervures et lobes ajourées. Le cheviller, sculpté et pourvu de douze chevilles, se termine par une tête grimaçante, coiffée de feuillages et tirant la langue qui est en ivoire.

3 — Beau cistre de GÉRARD DELEPLANQUE, LUTHIER, *rue de la Grande-Chaussée, au coin de celle des Dominicains, à Lille, 1777.* Cet instrument, en bois des îles, est orné sur toutes ses faces de bandes fond noir à décor de cordons de feuilles en incrustations de nacre et de filets en ivoire.

4 — Cistre du temps de la Régence, à cheviller à douze chevilles, décoré de rocailles et de feuilles sculptées, et se terminant par un buste d'homme portant un casque à panache. La rose de la table d'harmonie se compose d'une étoile entourée de lobes finement ajourées. La caisse, bombée, est à pans, en bois de deux tons, alternés.

5 — Théorbe allemand du XVIIIe siècle, portant l'étiquette de JOHANN GEORGE KLEMM, *instru-*

mentmacher in Helbigsdorf. Il est de forme originale et à double cheviller; celui des notes graves, en ressaut, est cambré et se termine par une feuille, relevée de dorure.

6 — Luth de *Magno Dieffropruchaer, à Venetia*, mesurant 1 m. 42, et monté de vingt-quatre cordes ; la table d'harmonie est percée de trois roses accolées et rehaussées de dorures.

7 — Quinton de « *Ludovicus Guersan, prope Comœdiam Gallicam Lutetiæ, Anno 1763* », en bois moiré des iles, avec cheviller à fleurettes et ornements sculptés, se terminant par une tête de femme à cheveux ondulés avec fleurettes sur le front.

8 — Quinton « *fait par Adrien Benoist Chatelin, à Valenciennes, 1758* ». Le cheviller, décoré d'ornements gravés au fer, se termine par une tête de musulman.

9 — Quinton de « *Nicolas-Louis Gilbert, facteur d'instruments......, 1765* ». Le cheviller se termine par une tête genre Watteau, à chapeau de paille orné de plumes.

10 — Quinton de N. CHAPPUY, signé au fer, à

manche se terminant en volute; chevilles d'ébène incrustées de nacre.

11 — Curieux instrument à quatre cordes, dont les chevilles sont adaptées à la partie inférieure de l'éclisse. La table d'harmonie est concave, avec chevalet dressé sur l'ouïe. Le revers est pourvu d'une agrafe de fer et les cordes sont surmontées d'un demi-cylindre courbe se terminant en tube, également en fer, et reposant sur le chevalet et sur une bielle fixée à l'extrémité du manche. Cet instrument est accompagné d'une boîte avec ferrures de l'époque Louis XV.

12 — Belle viole d'amour, à bords décrivant de gracieux festons et à cheviller se terminant par une tête finement sculptée en ronde bosse, avec les yeux bandés. Cet instrument, d'un beau bois, possède sa monture primitive, composée de dix-sept cordes, dont dix en fil d'archal. Il porte l'étiquette de « *Paul Alletsee, Munich, 1726* ».

13 — Belle viole d'amour, de « *Daniel Achatius Stadlman, Lauten und Geigenmacher in Wienn, anno 1736* ». Elle est très distinguée de forme et d'ensemble. Le cheviller se termine par une jolie tête sculptée en ronde bosse, les yeux bandés, les cheveux longs et ondulés, avec re-

hauts d'or ; les chevilles sont en ébène, à têtes
en forme de coquilles, et le cordier, aussi en
ébène, présente une figurine de singe dansant
et agitant des cymbales, sculptée en bas-relief.

14 — Très belle guitare du XVIIIe siècle, entièrement plaquée d'écaille de l'Inde et richement
décorée de cordons de perles, de bandes d'ornements et de filets en incrustations de nacre et
d'ivoire. Les chevilles, le sillet et le cordier
sont en nacre.

15 — Guitare italienne en bois des îles. La table
d'harmonie et l'ouïe sont bordées d'incrusta-
tations de nacre et de filets d'ivoire ; le manche
et le cordier, plaqués d'ébène, sont décorés de
rinceaux de nacre sur fond d'écaille.

16 — Guitare italienne en bois des îles, incrustée de
filets d'ivoire et décorée de bordure d'ornements
en mosaïque de nacre et d'écaille. Le manche et le
cheviller, évasé à son extrémité, sont plaqués
d'écaille.

17 — Jolie guitare italienne de l'époque Louis XIII,
à caisse côtelée en palissandre incrustée de filets
d'ivoire, à manche et cheviller d'ébène décorés

de plaques d'ivoire gravées, avec revers tout en
ivoire incrusté d'entrelacs et de rinceaux d'ébène.
L'ouïe est garnie d'une rose à nervures dessi-
nant une étoile.

18 — Jolie guitare française d'*Alphonse Couturieux*,
à caisse en palissandre bordée de filets d'ivoire;
ouïe encadrée d'une couronne de feuilles en
incrustations de nacre ; manche et cheviller entièrement plaqués d'ivoire.

19 — Guitare de *Drouot Koel, à Mirecourt;* beau
bois ronceux; filets d'ivoire ; cordier encadré
de motifs à rubans et feuillages rapportés, et
rehaussés d'or et d'argent.

20 — Mandoline napolitaine à caisse côtelée, table
d'harmonie et touches décorées d'incrustations
de nacre sur écaille et enrichie de filets d'ivoire.
Elle porte l'étiquette de : *Donato Filano fecit
alla rua di S. Chiara A. D. 1782. Napoli.*

21 — Mandoline napolitaine à caisse côtelée, table
plaquée d'écaille et incrustée de nacre et d'ivoire;
manche et cheviller ivoire et écaille. Elle porte
l'étiquette de : *Vincentius Vinaccio Filius Januarii
fecit Neapoli alla Strada della rua Catalana
1766.*

22-23 — Deux mandolines napolitaines analogues
à la précédente et du même luthier.

24 — Mandoline italienne, portant l'étiquette de
Donatus Filano fecit anno domini 1766.

25 — Autre mandoline italienne, de même époque.

26 — Mandore de *Francesco Lione*, à caisse côtelée
et incrustée de filets d'ivoire ; touche plaquée
d'ébène, chevilles d'ivoire.

27 — Mandore analogue à la précédente avec rose
ajourée.

28 — Mandore luthée, à caisse à pans, table et
touches plaquées d'écaille.

29 — Autre, de « *Gian-Gioseffo Fontanelli fece in
Bologna l'Anno 1762.* »

30 — Mandolino de *Antonius Vinaccio fecit Neapoli
anno 1602*, à caisse bombée et côtelée, manche
à revers plaqué d'ébène et à filets d'ivoire.

31 — Autre mandolino de *Gio. Batista, Fabricatore
fecit in Santa Maria anno 1660*, à caisse bombée

et côtelée, touche plaquée d'ébène et d'ivoire
gravée, ouïe encadrée d'incrustations de nacre
sur écaille.

32 — Petite vielle du xviiie siècle, signée au fer
chaud : ERRARD A MACON ; la tête est formée
d'une figure d'enfant sculptée en ronde bosse et
décorée de gravures ; les chevilles, les touches,
le tire-corde et la plaquette de recouvrement
sont en ébène.

33 — Belle vielle à blason et tête sculptée incrustée
de filets d'ivoire et d'écaille, du xviiie siècle.

34 — Belle vielle de l'époque Louis XIV, à caisse
bombée à pans, avec bordure en marqueterie
d'ivoire et d'ébène, et tête sculptée à fleurons
et entrelacs en relief et extrémité en volute. Le
cordier et la plaque de recouvrement des touches
sont plaqués d'ébène et incrustés de filets
d'ivoire. Le pont est laqué à décor de style
chinois.

35 — Belle vielle de l'époque Louis XIV, à caisse
en marqueterie de bois et tête à entrelacs et
quadrillés sculptés et gravés se terminant par
un mascaron de femme. Le pont, le cordier et

le recouvrement des touches sont en ébène
incrusté de filets d'ivoire.

36 — Vielle bretonne entièrement décorée d'ornements dessinés en noir et à tête formée d'une
figure de femme couronnée de laurier. xviie siècle.

37 — Harpe du temps de Louis XVI, vernie rouge
et à ornements sculptés et dorés ; la table est
laquée à décor de style chinois, et le mécanisme,
composé de plaques en cuivre ajouré, se voit à
travers une vitre. Cet instrument porte en plu-
sieurs endroits le nom de *Cousineau père et fils,
luthiers de la Reine.*

38 — Petite harpe de l'époque Louis XVI, signée
Holtzman, a Paris, à colonne cannelée, crosse
finement sculptée à feuillages et guirlandes,
pied à feuilles d'acanthe et griffes, table peinte à
bouquets de roses.

39 — Basse (bassa di Gamba) française de *Bertrand*,
à manche terminé par une tête sculptée en ronde
bosse.

40 — Basse de « *Henri Jaye in Sovthmarke, 1731,* »
à manche terminé par un cheviller à ornements

sculptés avec extrémité formée d'une tête en
ronde bosse avec rehauts d'or. Tire-cordes
laquée, rose ajourée et dorée.

41 — Basse de l'époque Louis XV, à manche terminé par une tête de femme, à coiffure ornée
d'une aigrette.

42 — Beau violon du XVIII siècle, à filets en mosaïque d'ivoire et d'ébène, à tire-cordes et touches
plaqués d'écaille, chevilles et chevalet en ivoire ;
le cordier se termine par une élégante volute.

43 — Charmante pochette du XVII siècle, plaquée
d'ébène, et se terminant par une tête de négril-
lon sculptée en ronde bosse ; elle est signée
Matthvs Hofmans tot. Antverpen. Le tire-cordes,
en argent gravé, est décoré d'une figure d'ange
tenant un médaillon monogrammé.

44 — Autre petite pochette du XVII siècle, terminée
par une tête de femme et incrustée de fils d'argent en torsade ; elle porte le nom de : *Antonius
Medaro Mancy, 1666*. La caisse est pentagonale ;
les chevilles, la touche et le tire-cordes sont en
bois d'ébène ; le sillet en ivoire. Pièce remarquable de forme et dans un parfait état de con-

servation. Elle est accompagnée de son archet
et d'un écrin en chagrin.

45 — Pochette italienne du XVIIe siècle, analogue à
la précédente, avec touche décorée de filets et
d'entrelacs gravés ; elle est accompagnée d'un
écrin en cuir noir du temps.

46 — Pochette italienne du XVIIe siècle, terminée
par une tête sculptée en ronde bosse, coiffée de
feuilles d'acanthe.

47 — Pochette à caisse en forme de bateau ; le cheviller se termine en volute. XVIIe siècle.

48 — Pochette à caisse côtelée. XVIIe siècle.

49 — Autre à caisse bateau, touche d'ébène, tête à
écusson et tire-cordes en nacre. XVIIe siècle.

50 à 52 — Quatre pochettes anciennes en forme de
violons.

53 — Lyre en bois sculpté et doré du XVIIIe siècle.

54 — Très beau violon de GIO PAOLO MAGGINI IN
BRESCIA.

55 — Violon portant l'étiquette : FERDINANDO LAN-
DULFI.

56 — Violon ; imitation de Guarnerius.

57 — Violon hollandais.

58 — Violon français du xviiie siècle ; signé Breton.

59 — Violon italien du xviiie siècle.

60 — Violon français du xviiie siècle ; signé Chappuy.

61 — Violon portant l'étiquette : Ignacio Rossi fecit anno 1742.

62 — Violon ancien.

63 — Violon à cheviller terminé par une tête de femme sculptée en ronde bosse. Signé au fer : ie · antoine a mircourt.

64 — Violon non verni, provenant de la vente Vuillaume.

65 — Violon de voyage, non verni. (Vente Vuillaume.)

66 — Violon français ; signé CHARLES CLAUDOT.

67 — Violon ancien. Paris.

68 — Petit violon ancien. (Modèle dit *Quart.*)

69 — Violon ancien. Paris.

70 — Autre.

71 — Autre.

72 — Violon de Flint, portant l'étiquette *Antonius Stradivarius*.

ALTOS

73 — Alto de TIRIOT, A PARIS.

74 — Alto ancien. Paris.

VIOLONCELLES

75 — Beau violoncelle de JEAN-BAPTISTE VUIL-LAUME.

76 — Violoncelle de Jean-Baptiste Vuillaume.

77 — Beau violoncelle italien de Toxonis di Bologna.

78 — Violoncelle de l'école de Brescia.

79 — Violoncelle français.

80 — Violoncelle de Audinot.

81 — Violoncelle français.

ARCHETS

82 — Très curieux archet, signé Meauchame, a
Paris, à baguette en mosaïque d'ivoire de cou-
leurs et hausse en ivoire de forme élégante percée d'une ouverture cordiforme. Cet archet,
remarquable par sa légèreté, paraît appartenir
au XVIIe siècle.

83 — Archet de pochette avec hausse et bouton en
ivoire, d'une facture très soignée.

84 — Très petit archet à hausse d'écaille et garniture d'argent.

85 — Trois archets de pochettes. XVIIIe siècle.

86 — Archet de violon, de *Gand frères*.

87-88 — Deux archets signés *J. B. Vuillaume*, avec hausses d'argent.

89 — Cinq archets de violons à hausses d'argent.

90 — Archet de violon, signé *Lefèvre Cimetie*, hausse en ivoire. XVIIIe siècle.

91 — Archet à hausse et bouton ivoire, nacre et or.

92 — Archet à hausse en ivoire découpée à jour. XVIIIe siècle.

93 — Archet à hausse d'ivoire et à baguette cannelée. XVIIIe siècle.

94 — Environ vingt archets de violons.

95 — Onze anciens archets de violes, basses de violes, genre Tartini, cannelés et ouvragés, à hausses d'ivoire. XVIIIe siècle.

96 — Trois archets d'altos garnis en argent.

97 — Onze archets de violoncelles.

INSTRUMENTS A VENT

98 — Musette Louis XV en ébène et ivoire, avec poche et soufflet en velours à dessins rouges sur champ jaune.

99 — Poche de musette en satin crème broché, garnie de passementerie et de floches en soies multicolores.

100 — Jeu de musette en ivoire.

101 — Hautbois en ébène et ivoire, signé *H. Richters*. xviiiᵉ siècle.

102 — Beau hautbois signé *Detvis* et fleurdelisé avec rondelles tournées et nœud ajouré en ivoire, incrustés de pois d'ébène. xviiᵉ siècle.

103 — Hautbois de *A. Grenser, Dresden, 1778*, avec les épées de Saxe ; clefs en cuivre.

104 — Hautbois à rondelles d'ivoire marqué au fer
d'un C couronné et portant le nom : *Delasse, à
Paris.* XVIIIe siècle.

105 — Trois petits hautbois anciens, sans clefs.

106 — Deux flûtes d'amour, bois et ivoire, l'une
signée *Garandat.*

107 — Deux autres, en bois uni.

108 — Canne-clarinette, façon bambou.

109 — Canne formant flûte et flageolet, façon bambou, signée *Hebouard, à Paris.*

110 — Canne-flûte à rondelles d'ivoire et clef.

111 — Flûte à rondelles d'ivoire, signée *I. B. Wil-
lems.*

112 — Flageolet à bec de corbin en bois noir, de
Hemmi Wien.

113 — Flûte en ivoire signée *Simpson,* avec clefs
en métal argenté.

114 — Flûte en ivoire, signée *Cahuzac London,*
avec clefs.

115 — Flûte à pans en verre bleu du XVIIIe siècle,
avec son écrin en bois.

116 — Flûte en bois d'ébène avec garniture et clefs
en argent, de *Bellissent, à Paris.*

117 — Hautbois en ébène garni en argent, de *Pa-
norme.*

118-119 — Quatre flageolets anciens.

120-121 — Quatre galoubets de tambourinaires provençaux.

122 — Flûte de Pan à double embouchure et doubles
trous, signée : *A. Fische.*

123 — Curieux cor anglais du XVIIe siècle, à rondelles d'ivoire et clef; la tige est coudée.

124 — Autre cor anglais, légèrement cintré et re-
vêtu de cuir; clefs en cuivre.

125 — Cor anglais, de *Labro, à Sedan*, avec clefs, embouchure et pavillon en cuivre.

126 — Trompe d'appel en corne.

127-128 — Deux bassons en bois à têtes de serpents en cuivre peint.

129 à 132 — Quatre buccins en cuivre peint et terminés en têtes chimériques.

133 — Deux trompettes en cuivre avec fanions échiquetés bleu et jaune portant le croissant.

134 — Grande trompette, de *Gautrot, à Paris*.

135 — Trompette du temps de Louis XIII, en cuivre, avec fanion décoré de broderies et d'applications.

136 — Trombone, de *Antoine Courtois*.

PETITS MODÈLES D'INSTRUMENTS

ET OBJETS VARIÉS

137 — Charmant violon minuscule, exécuté par *Mennegand*, d'un beau vernis et d'une rare perfection. Il porte, à l'intérieur, l'étiquette : *Mennegand, à Amsterdam*. Chevilles, chevalet, tire-cordes et boutons en ivoire. Cette pièce, véritable chef-d'œuvre de lutherie, est accompagnée d'un archet assorti.

— Très petit écrin de mandoline en cuir doré au fer, du XVIIe siècle.

139 — Petit modèle de tambour ancien d'une parfaite exécution. Pièce de maîtrise.

140 — Petit modèle de vielle se terminant par une tête de femme.

141 — Petit modèle de cornemuse en bois tourné avec robe en velours.

142 — Petit modèle d'archiluth.

143 — Sifflet en ivoire formé d'un terme à tête de
guerrier casqué. Époque Louis XIV.

144 — Petit flageolet en ivoire.

145 — Deux petites cymbales.

146 — Deux clefs de harpes du XVIIIe siècle, l'une
en bronze, l'autre en fer incrusté d'argent.

147 — Clef de guitare en fer ouvragé.

148 — Buste d'enfant supporté par une console
rocaille en bois très finement sculpté de l'époque
Louis XV et provenant d'un manche de viole.

149 — Volute de violoncelle du temps de Louis XIV,
en poirier sculpté à fleurettes et festons en
relief.

150 — Manche de quinton terminé par une tête
d'homme couronné ; touche en ébène.

151 — Tête de viole de l'époque Louis XIV, terminée par une figure de femme couronnée de laurier.

152 — Manche de violon terminé par une tête de dragon.

153 — Deux têtes en bois sculpté, provenant d'instruments.

154 — Manche avec cheviller terminé par une tête de femme, bois sculpté et doré provenant d'une basse de viole de l'époque Louis XIV.

155 à 157 — Trois tambourins provençaux anciens, à caisses de bois ornées de listels, ondes et rubans longitudinaux en relief, l'un avec sa garniture d'époque ; ils sont accompagnés de baguettes.

158 — Tambour de basque à pourtour argenté et ornements en couleur.

159 — Métronome à cadran gravé au nom de *Bienaimé breveté du Roi*, cage en acajou garnie de figures-appliques en argent estampé.

160 — Écrin en galuchat avec deux becs de clarinette en ivoire, garnis en argent. XVIIIᵉ siècle.

161 — Bâton de chef d'orchestre en ébène, avec parties en argent gravé.

162 — Petite épinette portative du XVIIIe siècle, décorée de fleurs peintes, et à clavier en ébène et ivoire faisant mouvoir les sautereaux.

163 — Miniature ovale : Portrait du compositeur Hérold.

164 — Statuette-charge de Paganini ; plâtre.

165 — Carillon à neuf timbres provenant d'une horloge.

166 — Triangle.

167 — Vitrine d'applique en bois de chêne ; intérieur garni en drap et destiné à recevoir deux violons et un alto.

168 — Gouache du XVIIIe siècle, représentant une assemblée de personnages en costume Watteau, jouant de divers instruments sur les pelouses d'un parc avec château dans l'éloignement.

169 — Violon en faïence, décorée à l'imitation du Rouen.

170 — Gravure coloriée représentant un Tambou-
rinaire.

MUSIQUE — PARTITIONS

171 — Manuscrit. *Vénus et Adonis*, tragédie mise en
musique par M. Des Marest, pensionnaire ordinaire du Roy, copié et mis en ordre par M. Philidor le père, ordinaire de la musique du Roy et
garde des livres de musique de Sa Majesté, fait
à Dreux l'an 1726.

172 — Manuscrit. *Cadmus et Germione*, tragédie-
opéra de M. de Lully, représenté à Paris par
l'Académie royale de musique l'an 1674 ; les
paroles sont de M. Quinaut. Copié et mis en
ordre en partition par M. Philidor. Fait à Dreux,
en 1724.

173 — Manuscrit. *Télémaque et Calypso*, tragédie
mise en musique par M. Des Touches, inspec-
teur général de l'Académie royale de musique, a
esté représentée par la même Académie, le
15 novembre 1714. Les paroles sont de M. Pe-
legrin. Copié et mis en ordre par M. Philidor,
ordinaire, etc. Fait à Dreux l'an 1726.

174 — Collection complète des quatuors d'Haydn, nouvelle édition. Gravée par Richomme. A Paris, chez J. Pleyel et fils, etc., boulevard Bonne-Nouvelle. 83 quatuors avec portrait de l'auteur. 4 volumes.

175 — Cinq quintettes de « la collection des œuvres de Beethoven ». A Paris, au magasin de musique de Paccini, boulevard Italien, 11. En 5 volumes,

176 — Dix-huit quatuors de Beethoven, édition Pacini.

177 — Recueil de quintettes de Beethoven, Spohr, Onslow.

178 — Quatuors et quintettes de Mozart, belle édition avec notice et portrait.

179 — Recueil contenant deux quatuors d'Antoine Reicha et 28 quatuors de Spohr.

180 — Recueil de sonates de Beethoven pour piano et violons, piano et violoncelles. 2 volumes.

181 — Recueil de sonates des grands maîtres, Artot, de Beriot, et de morceaux concertants de Mendelsshonn.

182 — Morceaux choisis de Rossini et de Verdi.
1 volume.

183 — Morceaux choisis de Meyerbeer, Boieldieu,
F. David, A. Thomas. 1 volume.

184 — Morceaux choisis de V. Massé, Gounod,
A. Adam, Clapisson.

185 — Quantité de partitions à grand orchestre
reliées, musique et opéras manuscrits.

186 — Dictionnaire portatif, historique et littéraire
DES THÉATRES, contenant l'origine des différents
théâtres de Paris, le nom de toutes les pièces
qui y sont représentées, etc., etc., par M. de
Leris. *Paris, 1763.*

187 — Francisci Blanchini Veronensis, utriusque
Signaturae Referendarii et Praelati Domestici de
Tribus generibus instrumentorum musicae vete-
rum organicae Dissertatio. Romae M.DCCXLII.
Avec planches gravées représentant des instruments de musique, culs-de-lampe, en-têtes et
majuscules.

188 — Très curieuse partition dorée sur tranches, superbe gravure, reliure maroquin du temps avec ornements dorés. *Il trionfo della Fedeltà, dramma pastorale per musica — in Lipsia, della stamperia di Giovan. Gottl. imman Breitkoff, 1756.*

189 — *The Favorite Songs.*

190 — *Le Roi Théodore, à Venise,* 3 actes, opéra héroi-comique, 1786. Paësiello, gravé par Huguet.

191 — *Iphigénie en Tauride,* 4 actes, par Piccini, 1781.

192 — *La Toison d'or,* 3 actes, tragédie lyrique, par Vogel, 1786.

193 — *Démophon,* 3 actes, opéra lyrique, musique de Vogel.

194 — *Phèdre,* tragédie en 3 actes, mise en musique par M. Le Moyne.

195 — *Télémaque,* tragédie lyrique en trois actes, musique de Lesueur.

196 — *Griselda,* opéra en 2 actes, par L. Paer.

197 — *La Servante maîtresse,* comédie en 2 actes, par Cimarosa.

198 — *Didon,* tragédie lyrique, 3 actes, par M. Piccini.

199 — *J. Doménes,* di W. A. Mozart, 3 actes, Imbault.

Ouvertura *la Pastarella* Nobilé del Sig. Guglielmi.

200 — *Les Danaïdes,* 5 actes, orchestre chez des Lauriers. *Salieri.*

201 — *Les Deux Comtesses,* opéra bouffe, imité de Paësiello par *Framery.* (Jolie reliure.)

202 — *Blaise le Savetier,* par Philidor, gravé par Mlle Vendôme.

203 — *Dardanus,* de Sacchini, écrit par Ribière.

204 — *Roméo et Juliette,* opéra, 3 actes, en prose, 1793, par Steibelt.

205 — *Chimène ou le Cid*, 3 actes, 1783, par Sacchini, imprimé par Basset.

206 — *La Dame du lac*, 4 actes, de Rossini.

207 — *Evelina*, opéra, 3 actes, musique de Sacchini, son dernier ouvrage, 1788.

208 — *La Folle par amour*, Paësiello, édité par Pleyel.

209 — *La Vestale*, de Spontini, chez Sieber. 1807.

210 — *Œdipe à Colone*, 3 actes, de Sacchini, chez Frères.

211 — *Roland*, opéra, 3 actes, de Piccini, 1778, chez Imbault.

212 — *Nephté*, paroles d'Hoffmann, par Le Moyne, 1789.

213 — *The Favorite Songs*, in the comic opera I viggiatori Ridicoli, del Sig[r] Pietro Guglielmi, London.

214 — Volume contenant :

   1° *L'Impresario in Angustie* ou *Le Directeur dans l'embarras*, paroles fr. et ital., opéra bouffe, 2 actes, Cimarosa.

   2° *Le Marquis Tulipano*, opéra bouffe, 2 actes, parodié sur la musique de Paësiello, 1789.

215 — Mélange musical contenant duo, trio, airs, etc., composé par Paul César Gibert.

216 — *Giulio Sabino*, dramma per musica, 1781, de Giuseppe Sarti, avec gravure.

217 — *Ariane dans l'isle de Naxos*, drame lyrique, 1 acte, 1782, par Edelmann, paroles de M. Moline.

218 — *Le Maitre de musique*, opéra bouffe, 1752, Pergolèse ; avec la belle ariette *Coucou*, chantée dans *la Fausse Suivante del S. Atilla*.

219 — *La Caravane du Caire*, opéra-ballet, 3 actes, par Grétry ; cette partition porte les corrections du temps.

RED. :

16

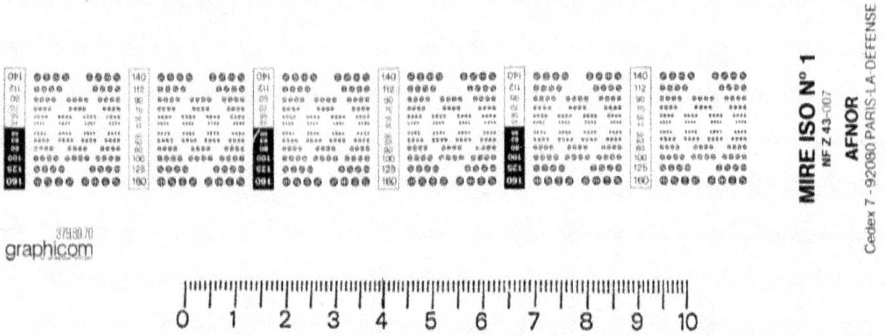

MIRE ISO N° 1

NF Z 43-007

AFNOR

Cedex 7 - 92060 PARIS-LA-DÉFENSE

graphicom

0 1 2 3 4 5 6 7 8 9 10